은하의 계절

鄭正吉 詩集⑨

신세림

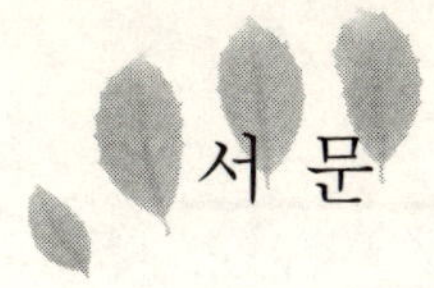

서 문

우리 모두는 사라진다.
남아 있을 것이라고는 하나도 없다
그러나 그 순간이
언제가 될지 모른다.
그저 지금의 그늘에서
아귀다툼하며 살고 있다.
이러한 현상은
지구가 존재하고
인간이 존재하는 한
영원히 반복될 것이다.
그래서 사는 것이 힘들다고 한다.
정말
여기서 탈출할 수 있는
우주선은 없을까

2005. 4.

소망의 길목에서……

정정길 시집

1
부 … 21!

2부 … 밤의 노래

3부 … 그리운 이정표

정정길 시집

5 부 … 겨울 숲 속에는

6

부 … 시간의 시작과 그 끝

1
21!

회개로
용서로
화해로
하늘을 여는
그 시작

21!

오늘
새 천년
그 첫날

회개로
용서로
화해로
하늘을 여는
그 시작

(2000. 1. 1)

영혼의 꿈

하와의 욕망이
저질러 얻은
열 달의 고통에
아담의 동조로 얻은
땀방울의 고난
그 실낙원의 상처가
[1]흙으로 돌아가야 하는
절망의 나락

[2]그 처음이
빨리 지나갔으면

(2000. 1. 8)

------

1)창3:19 2)계12:4

사랑으로

유혹의 사신에
이끌리어
넋 잃고 사는 오늘

후회의 잔속에
핑계와 구실을
아무리 부어 봐도
채워지지 않는
구멍난 가슴이라
밀려드는 허무와 허망을
무엇으로 메꾸어야 하나

(2000. 1. 15)

화해

정말로
뉘우치고

미련 없이
나를 버리고
너를 용서하는
진정한
용기의 꽃이다

(2000. 1. 22)

나눔

빈 그릇에
무엇을 담을까
천년을 믿고도
담을 것이 없다면
그것은 욕심이요
하루를 믿고도
담을 것이 있다면
그것은 은혜라
그리고
베풀 것이 있다면
사랑이다

(2000. 1. 29)

죄의 병원체

늘
잠복해 있던
욕망의 균이
이기심을 못버리고

양성반응을 일으킨
독버섯의 씨앗
악의 싹이다

(2000. 2. 5)

믿음의 전령

없는 것도
있는 것처럼
잘도 꾸며서
과대포장하는 우리

덮어도 될 일을
큰 일이나 난 것처럼
침소봉대하여 소문을 내어
상처를 입히는 우리

여호와를 내 입술의
[1]파수꾼으로 세운다면---

(2000. 2. 12)

---

1)시14:3

죄는 쌓이고

노을에 물드는 저 종탑은
본향 가는 이정표요
기다림이 있는 곳이라

오늘도
[1]내 날의 그림자가
속절없이 지나가고 있으니
이서 오라고 부르시고 계시건만
그저 못들은 척
또 하루해를 넘긴다

(2000. 2. 19)

---

1)시144:4

절망하는 사연

벽에 부딪친
삶 때문이 아니다

걸머진 위선과
풀리지 않는
욕망 그리고
욕심 때문이다

(2000. 2. 26)

지금이라도

3월을 여는
천년 햇살
아직은 덜 녹은
저 얼음덩어리
때 되면 녹으려니
이 모두 한 순간

인간사
또한, 같은 이치라고

심히 걱정되어
잘 알아들으라시며
한 번 더
일러주신다고 하시네

(2000. 3. 4)

어두운 곳을 향하여

우리 함께
나눌 수 있는
작은 등불

큰 것 아니더라도
자그마한 것 하나 챙겨들고
나서보면 안될까

(2000. 3. 11)

빈 손

욕심은 무한하고
삶은 유한한데
비우기 쉽지 않아
욕망의 곳간은
항상 갈등이라
어찌하면 좋을까
해 아래서
아무리 설쳐도
그 모든 것이
헛수고라 하시는데

(2000. 3. 18)

내가 뭐라고

저 허공의 지탱
압박과 고통
십자가의 그 모진 수모

신음의 이음새로
날
건져주신 은혜
무엇으로 갚아야 하리

(2000. 3. 25)

2 밤의 노래

못 별
하나 둘

창문 열고
등 밝히며

선택

살아 받는
비난보다

죽어 받을
질책이 더 두렵다

왜냐고,
준비 안 된
최후 진술 때문에

(2000. 4. 1)

용서

내 스스로
억제되지 않는
분노
답답한 응어리

구하고
열어야 할
조그마한 문인데
왜 풀지 못힐까

(2000. 4. 8)

양보하면

서로의 허물과
허물 사이에서
내 탓이오 하고
한 번만 크게 웃으면
그만일 것 같은데

왜, 그리 힘들고
잘 안되는지

(2000. 4. 15)

갈등·1

쉴 곳 찾아나선
새벽 여정
하루 내내 방황하다가
주저앉은 황혼
아무리 둘러봐도
보이지 않는
앞길
물어볼 곳
그 어디인가

(2000. 4. 22)

갈등·2

소보다
더 미련한
자존심

내가 쳐놓은
울타리를
누가 열어볼까
겁이 나서
이리 긍긍
저리 긍긍

열어 볼 사람은
아무도 없는 데도

(2000. 4. 29)

밤의 노래

뭇 별
하나 둘
등 밝히는데

지친 순례의 여로
늦어 불 꺼질까
재촉하는 밤길

(2000. 5. 6)

새벽을 열면서

울러맨 등짐 하나
또 그대로 걸머지고
망설이며 나서는 길

이렇게 하기를
수 십 년
참으로 부끄러운 허망

그 사이에 늘어난 건
등짐 위에 등짐뿐이다

(2000. 5. 13)

에덴으로 가는 길

넘기 힘든
5월의 골고다

해마저 기울어
걸음 또한 무거운데

어찌하면
이 고개를 잘 넘고 넘어
님 계시는 저 곳까지
무사히 갈 수 있을까

(2000. 5. 20)

니므롯

죽어 태양신
바알이 되었다는
전설 속에
날마다
동쪽에서 서쪽으로
악을 몰아내려
떠돈다는 제우스

결국
우리가 만든 신화인데

빌고 절하며
애원까지 하면서도
날 빚어주신 그분께는
왜, 외면하고 있을까

(2000. 5. 27)

※니므롯 : 노아의 둘째 아들 함의 손자라고 한다.

세월 가는 길에

노을이 성큼
창문을 두드리면
어둠이 초청한
무수한 별들이
내 작은 방을
기웃거리며
초록 강에 모여 앉자
님 마중 가자고 재촉하며
손짓을 하고 있나

(2000. 6. 3)

반성

두 다리가 없는
저 지체 장애인도
찬미가를 부르며
당당하게 살아가고 있는데

사지가 멀쩡한
나는 왜,
구차한 변명과 핑계 속에
살아가고 있나

(2000. 6. 10)

십자가의 꿈

허물은 덮어주고
잘못은 타이르며
실수는 고쳐주라고
권면하고 계시는데
나는 어떠한가

지식의 잣대로
서로를 평가하고
비판만 하면서
외면하고 있으니

(2000. 6. 17)

기댈 언덕은

우리는 늘
어제라는 과거와
오늘이라는 현재와
내일이라는 미래 사이에서

어제 있었던 부정과
지금 일어나고 있는 비리와
적당히 야합하며
나만의 안일을 위해
어색한 눈치를 보이면서

이 현실을 치료할
처방전은 못내 놓고
팔짱만 끼고 서서
뒷소리만 하고 있다

(2000. 6. 24)

3 그리운 이정표

몇 만 리나 될까
넋의 나그네로
물어물어
찾아 갈
십자가의 언덕

그리운 이정표

죽음을 딛고
닦아 놓으신
길 중의 길

몇 만리나 될까
넋의 나그네로
물어물어 찾아갈
십자가의 언덕

정말로 거기까지
얼마나 멀까 물어보지만
실은, 내 마음 속의 거리인데

(2000. 7. 1)

나그네의 꿈

시간의
꽃집 속에
묻어둔 향기

조금씩
나누어 들고
떠나갈 간이역

도착할
그때까지
무사하기만을

(2000. 7. 8)

블랙박스 속에

솔로몬의 탄식을
아무리 외면하고
큰 소리치며 살아도
늘 맴돌고 있는 사슬은
죽음이라

어차피 공수래공수거空手來空手去
어디서 와서
어디로 가는지
아는 이 아무도 없듯이
첫 문 열던
그 첫 시간의 단초 역시
아무도 못찾는구나

(2000. 7. 15)

늘 미련

새벽 강에서
더듬어 보는
물살의 흔적

이끼 낀 망각 속엔
무상만 흐르는데

내 안의 잡념은
잠시도 떠나지 않고
그대로 머무르고 있다

(2000. 7. 22)

한 번의 기회

구원의 때를
잘 읽어보고
잘 챙겨보라고 일러주셨는데
내가 보고 있는 건
밑도 끝도 없이
욕심의 때만 보느라고
정신없이 시간만
죽이고 있다

(2000. 7. 29)

애哀와 소笑

악인이 죽어도
울어 줄 사람이
한 사람쯤은 있다고 한다

내가 죽으면
몇 명이나 있을까

바라는 건
울어 줄 사람 아니라
하늘이 손짓하는
인간으로 살다 갔으면 하는데
잠꼬대일까

(2000. 8. 5)

천의천시 天衣天時

시간을 아끼고
쪼개고 나누어 봐도
하루는 24시간
일년은 365일
열두 달이라

아무리 늘인다고
발버둥쳐봐도
늘어나지 않는
불변의 족쇄

그 속에
내 몫은?

(2000. 8. 12)

나그네의 길

등줄기를 타고
쉼 없이 흘러내리는
무더위에
풀벌레도 지쳐
숨 가쁜 이 밤

이제 곧
돌아가려니

내 쉴 곳
그 어디

(2000. 8. 19)

妄想의 늪

이 아침에
뜨거운 불볕이 떠나려 한다
남은 그림자라도
붙잡아 볼까
몸부림 친다

다 부질없는 노릇
진작 깨달았어야 했던 것을

(2000. 8. 26)

영원 저 끝까지

사계절의 순환은
우주의 품앗이라
끝없이 이어지는
은혜의 여로요
값 없이 주시는
사랑의 동행이라

(2000. 9. 2)

슬픈 진리

우리 태어난
모습 그대로
딱
한 번만
되돌아 갈 수는 없을까

(2000. 9. 9)

본성의 소고

자기 잘못에는
아주 관대하고
자기 비난에는
용서가 없다

이것이 우리네 모습이요
아주 더러운 인간성이다

(2000. 9. 16)

풀 한 포기의 미소

이슬의 배웅을 받으며
의젓이 손짓하는 당신
천리를 알고
떠날 줄을 아는데

더한 은혜 입고도
모르 척 사는 우리

어떻게 하면
당신처럼 살다가
조용히 떠날 수 있을까

(2000. 9. 23)

풀벌레들의 합창에

숲 속의 화음이
서로 다른 듯하지만
참으로 멋진 혼성 중창단인데

오선지 위에
그려 낼 수 없는
오묘한 조화라

누가
지휘하고 있을까

(2000. 9. 30)

4 둥지

둥지

설계도가 있을까
감독이 있을까
허가를 받았을까
감리도 받지 않고
허공 저 높은 곳에
얼기설기
지어놓은 고공건물
어쩐지 곧 무너질 것 같은
부실공사 같아서
불안하기 짝이 없지만
그래도 저희들끼리는
새끼치고 키우며
잘 먹고 잘 사는데
그런데, 나는 뭐냐
완벽하게 지어준
마음의 건물마저
허물고 있으니

(2000. 10. 7)

소원이 있다면

착하지는 못해도
죄는 안짓고
살려고 했는데
말같이 쉽지 않게
잘 안되었네
늘 돌아서면
후회뿐인 인생이라
이젠 정말로
죄 안짓고
사람같이 살다가
가기나 했으면

(2000. 10. 14)

가을바람 속에

찬바람 솔솔
때 지난
나뭇가지

잎 지고
볼품 하나 없어도

주신 말씀 그대로 믿고
잘도 견디는데

나는 뭐냐
내 맘대로 살겠다고
생떼거리를 쓰고 있으니

(2000. 10. 21)

회개는 늘 말뿐

발가벗긴 나무는
하얀 속살 채워두고
겨우내 움추리고 살면서도
불평 한마디 없는데

겉모양만 번지르르한 나는
날마다 새까맣게
가슴속만 물들이고 있다

(2000. 10. 28)

불신의 벽을 넘어야

양손에 떡을 쥐면
하나도 못먹는다

그렇게 하지 말라고
아무리 타일러도
듣지 않는다

이유는 간단하다
믿지 못해서 일어나는
욕망 때문이다

(2000. 11. 4)

불의를 벗어나려면

거짓은
마음에 빚이고

병마는
육체의 짐이다

이 모두
하늘에 진 빚이요 짐이라
누가 대신 갚아 주고
져줄 사람 아무도 없다
내가 꼭 갚고 내려놓고 가야한다

(2000. 11. 11)

불선의 길에서

날 위해
널 위해
모두를 위해
뭘하며 살았던가

오늘은 저
십자가 아래서
남은 세월 만났으면 하는데……

(2000. 11. 18)

불법의 그늘에서

양심을 팔아
죄를 쌓아놓고

쌓인 죄 덮으려고
또 내다가 팔다 보면

거짓말만 늘고 늘어나서
언젠가는 들통이 난다

지나고 보니
욕망의 세월이었네
요단강을 건너기 전에
다 씻고 건너갔으면

(2000. 11. 25)

마음

열어 볼
열쇠가 없다

X-Ray도
동위원소도
초음파도
CT나 MRI로도
촬영이 안되는 미로다

거기다가 깊이도
무게도 알 수 없는

이 세상 밖의 상식이라
하늘만 알고 있는 미궁이다

(2000. 12. 2)

영원을 향하여

일어나 가자
그리고 고하자

내 삶 그 자체가 거짓이고
위선에 찬 나날들이었으며
오만에 찬 생활들이었다고
크게 외치자
종을 치자
회개의 종을

용서를 구하자
벼랑 끝에 선
나를 붙잡아 달라고

(2000. 12. 9)

동맥경화증의 삶

허구의 삶이
진실의 통로를 꽉 막아버린
죄악의 벽

뚫고 뚫어도
뚫리지 않는
사경의 기로에서

명의의 재진만을
기다리고 있는
오진과 위증의 세상

(2000. 12. 16)

새길

새 천년의
첫 한해가 저문다
강마을 어귀에
눈이 내린다
허물은 덮어주고
잘못은 감싸 안고
상처 주지 않는 충고로
다독거리는
그런 세상을
기원해 본다

(2000. 12. 23)

21! 그 희망

영원!— 영원!
빛의 사랑이여!

잠시 머물고 있는
이 땅의
이 시간에
내 영혼 다 바쳐

죄의 사슬 다 끊고
거듭 태어나는 삶을 살게 하소서

영원!— 영원!
빛의 영광이여!

(2000. 12. 30)

5

겨울 숲 속에는

벌거숭이 나무들
차디찬 고통을
이겨내며

새해 첫 날에

함박꽃 하얗게
쏟아지는 이 아침에
부르는 노래
주님!
올 한해도
당신의 뜻 가운데
저를
묶어 두시옵기를……
아멘!

(2001. 1. 6)

겨울 숲 속에는

벌거숭이 나무들
차디찬 고통을
이겨내며

귀한 소식
온 누리에 전할
찬미 하나씩을
바쁘게 준비하고 있는데

(2001. 1. 13)

숲 속의 한숨

인간적 사랑은
상대적이지만
주님 사랑은
값이 없다하네

그래도 아니라고
우기며 사는 우리

뭘 얻을까
골몰하지 말고
들풀의 소리를
한번쯤 들어보세

(2001. 1. 20)

쉼 없이 오는 시절

지금 한창
[1]들녘에 뿌릴
씨앗 고르시는데
망가진 쟁기조차
고치지 못하고 있는
게으른 손
다가선 이 봄날을
어찌 맞을까
가시는 겨울이
심히 걱정되네

(2001. 1. 27)

---

1)마13:3-8

2월의 첫 노래

어제까지 불던
모진 바람
막바지 남은 한 토막

아무리 세차게
휘몰아친다 해도
끈질기게 버티는
십자가의 영혼을
더 이상
어쩌지는 못하리라

(2001. 2. 3)

위탁된 영혼이면서

우리 모두
주어진 시간의 궤도에서
어떻게든 수정 당하지 않고
좀더 오래 머물면서
세상 재미 실컷 누리다가
떠날 때는 적당히 뇌물 쓰고
특급 우주선인
십자가호를 얻어 타고
새 에덴 역까지 갈 것이라는
변치않는 생각으로
오늘을 염치없게 살고 있는
지구호의 승객들이다

(2001. 2. 10)

메시아

시간의 시작에서
그 끝인
죽음을 이기시고
소망의 길을
닦아 놓으신
영생의 등불!

내 가는 길의
지팡이시네

(2001. 2. 17)

소생

주신 언약이라
단,
한 마디의 말씀으로
영원히 피어나게 될
내 썩은
육신의 삸이다

(2001. 2. 24)

♡ 마28:3. 막16:5 눅24:2. 요20:12

두 그림자

다급하면 구하고
구하면 곧 잊어버리는 근성

그 양면을
죽는 그날까지
버리지 못하는
속물이다

(2001. 3. 3)

쌍갈래 길에서

이쪽이냐
저쪽이냐
늘
마음 정하지 못하는
나

오늘만은 해놓고
또 하며 흐른 세월
언제쯤 정하려나

(2001. 3. 10)

비우지 못하는 마음

황혼이 깃드는
창가에 앉아
사라져 가는
그림자를 좇다가 보면
결국
아무 것도 볼 수가 없다

나만 저만치서
어둠을 더듬으며
불만을 토로하고 있다

(2001. 3. 17)

그 모든 것이 잠시

시위 떠난 화살이
과녁에 닿는 거리보다
더 빠른 인생길에서

내 삶의 무게만
더 무겁다고
끙끙거리지만

십자가의 무게에다
비교나 할 수 있을까

(2001. 3. 24)

없는 자의 변명일까

양심을 도난당하면
세상이 어지러워지고

재물을 도난당하면
가정이 시끄럽고
아주 분한데

이 둘 중
어느 하나를
선택하라고 한다면
아마,
모르기는 해도
누구나 다
내 것만 아깝다고
아우성을 치겠지

(2001. 3. 31)

6 시간의 시작과 그 끝

우 주 저 너 머
수 수 께 끼 밭 에 서
자 라 나 고 있 는 씨 앗 일 까

잊고 사는 나날들

우리들이 흔히 말하는
인간적 사랑이란 차 한 잔
나눌까 말까하는 잠깐 사이에
훌쩍 지나가버리는
일시적인 고뇌이지만

주님이 주시는 빛 사랑만은
마지막 그 순간까지
붙잡아 주시려고
애쓰시는 피 맺힌
한숨이시다

(2001. 4. 7)

시간의 시작과 그 끝

우주 저 너머
수수께끼 밭에서
자라고 있는 씨앗일까

아무도 아는 이 없는
탄생의 비밀
이 통로를 꼭
지나야만 하는 우리

누가 그 씨앗을
생산하고 관리하며
공급해주고 계실까

(2001. 4. 14)

시간의 씨앗

나누어 주신
내 몫의 축복
얼마나 받았을까
몇 포기나 심을 수 있을까
그 동안 뭘 뿌리고
거두어 들였나
누가 주신 선물인데

아! 부끄러운 날들이여
제대로 심고
가꾸어야 했었는데……

(2001. 4. 21)

시간의 허송

알곡 한 톨도
거두어들이지 못한 주제에
핑계의 입방아만 찧어서
마음의 곳간에 채워둔 건 쭉정이뿐이요
쌓아둔 건 구실뿐이라

거기다가 멍들게 한 건 영혼인데
언제쯤이나 되어야
알곡 한 알이라도
거두어들일 수 있을꼬

(2001. 4. 28)

기도란

매 순간 순간의 삶을
감사드리며

[1]그 모든 날이
다 지나가고
[2]영생의 꿈이
영글어 질 그때까지
끊임없이 나누는 대화다
무릎 꿇고 드리는
참된 회개다

(2001. 5. 5)

---

1)단12:12 2)단12:2

믿음이란

내 모든 생애를
십자가만 의지하고
마지막 그 순간까지
흔들리지 않고
따라가겠다는
딱 한 번뿐인
언약이다

(2001. 5. 12)

소망이란

믿음의 여로에서
구하면 주시고
두드리면
열어 주시는
빛의 품삯이다

(2001. 5. 19)

사랑이란

믿음의 열매에
소망의 값으로
새 에덴을 열 수 있도록
거저 주시는
열쇠다

(2001. 5. 26)

6월의 서시

초록빛 잎새들이
오고가는 길에

어제도 기다렸고
오늘도 기다리는
꽃비의 그리움

우리 만날
그날만 기다리고 있다

(2001. 6. 2)

6월의 그늘에서

가는 길 덥다고
잠깐 쉬다보면
어느새 별들이
합창을 하고 있다

아직도 갈 길은 멀고 먼데
여기서 머뭇거리고 있으니

(2001. 6. 9)

6월의 가슴은

어느 날
그 어느 날을 위하여
묵묵히 땀방울로
엮어가는
가나안 농부다

(2001. 6. 16)

닭 세 번 울기 전에

종탑에
걸린 노을
실개천 다리 건너가기 전에
내가 지고 있는 빚부터
먼저 갚고
가야 하는데

무슨 미련 그리 많아
꼭 서너쥐고 있어
주춤거리고 있나

(2001. 6. 23)

길목

6월이 간다
느린 것 같았는데
벌써 가다니
그래도 할 일은 다하고
6월은 간다
미련 한점 없이
기약의 날을 향해
쉼 없이 간다
서슴없이 가고 있다

(2001. 6. 30)

7 은하의 계절

파도가 밀려간
모래톱 너머
석양이 붉게 타다
떠난 빈 자리에

은하의 계절

파도가 밀려간
모래톱 너머
석양이 붉게 타다
떠난 빈 자리에

별들이
하나 둘 모여들어
등대 불 밝혀두고

오실 님 기다리며
가슴앓이 밤을
지새우고 있다

(2001. 7. 7)

7월의 연가는

풀벌레들이
딱 한 벌뿐인
초록색 옷으로 잘 차려입고
텅 빈 객석이지만
마음껏 연주하며
목청 높이
노래를 부르는 것은
생애에 준비된
단 한 번뿐인 무대이기 때문이리

(2001. 7. 14)

7월의 성좌에

원두막 시절이다
잠시 후면
노란 이슬 맺히고

발목 촉촉이 적시며
지나갈 것이다

참으로 숨가쁘다
정말로 빠르다
별똥별이 떨어지고 있다

(2001. 7. 21)

7월의 소망

폭염의 강에서
생명의 바다까지
노 저어 온 여정

환한 웃음만은
잊지 않으시기를……

(2001. 7. 28)

8월의 서시

가뭄과 장마에
옥죄이던 신음
툭툭 털어내고

황금수레 타고 갈
멋진 여정을
바라고 있음이여!

(2001. 8. 4)

8월의 마음

뙤약볕에 신나게
그을린 들녘

거두어들일
농부의 손길이
행여, 늦어질까
조바심 하며

보헐의 강 소식에
애간장 태우고 있다

(2001. 8. 11)

8월의 믿음

추수 감사에
한 점 의심도 없이
온몸 다 바쳐
저 홀로 견디는
최후의 신음

(2001. 8. 18)

8월의 잎새

은하의 강 저편에
등 밝혀둔
망향의 동산으로
들어갈 수 있는
비밀의 열쇠를
나보고
찾아보라고 눈짓을 하네

(2001. 8. 25)

구월의 서시

전세보증금은 물론
월세도 받지 않는
지구촌 동쪽
메마르고 거친 땅에
추수할 것 많으니
서두르게 하여 주소서

(2001. 9. 1)

구월의 기원

[1]삼고三苦의
가을 길에
채 익지도 못한
이삭들을 위해
당신의 빛을 더 강하게
비추어 주소서

(2001. 8. 9. 1)

---

1)마27:52-53

추수전야

막바지에 이른
허수아비
품삯 한 푼 안받고
자랑도 없이

누가 쭉정이만
지고 갈까
걱정이 태산 같네

(2001. 9. 15)

오병이어 五餠二魚

[1]디베랴 호숫가에
불던 바람
오늘도 불어와
한 톨 두 톨
여물게 하는데

이 모두
그날의 물결이라

(2001. 9. 22)

---

1)요6:1

10월을 열면서

내일 모레면 추석
벌초 따라온
어린 아이들……
그 곁에 둘러앉아 있는
우리들……

그날이 언제일지
아무도 모르지만
어제를 떠올리며
오늘을 애기하고
내일을 걱정한다
그렇다고 해결될 건
아무 것도 없는데

(2001. 9. 29)

8 믿음 속의 믿음

가버린 날들이
아쉬운 들녘에
빛 묶음 한 다발
붉게 물들여
하얀 눈송이로
빚은 새알

믿음 속의 믿음

암과 투병하던
절친한 두 친구
먼저 가게 된 한 친구가
부탁하기를

나
죽었다고 하지 말고
주님 만나려
먼저 갔다고 전하라 했는데

나도 저리 당당하게
말할 수 있었을까

(2001. 10. 6)

가을의 날개에

빨갛게
노랗게
향수 빛 물들인
단풍 노래
하늘 길
수 놓고 있네

(2001. 10. 13.)

초승달의 여로

민들레의 여운이
맴도는 풀섶에
오늘은 들국화가
반갑게 맞아주는
빛 그림자
[1]저 길손

밤새워 주고받은
밀어의 낙수落穗들

기다림의 싹으로
[2]다시 돋으려니

(2001. 10. 20)

---

1)시104:19 2)시104:30

10월의 그 노래

낙엽 한 잎
두 잎
서리 밟고
가시는 걸음
가을을 쌓아두고
지난 봄날을
경배 드리고 있네

(2001. 10. 27)

11월의 찬미

소리로 부르시고
빛으로 길러 주신
그 크신 그늘
이제
입동의 햇살 속으로
다시 숨겨주시니
한없는 고마움이여
그러한 날이
영원히 계속되기만을……

(2001. 11. 3)

11월의 기별

애기 단풍 가신
노란 자리 빨간 자리에
회색 구름 찾아와 머물며
곧 울릴
하얀 종소리에
귀 기울이라고 전하시네

(2001. 11. 10)

꿈을 싣고

열한 번째
열차가
골고다의
언덕을 넘어
설화雪花 역으로 간다
힘차게 달려가고 있다

(2001. 11. 17)

가시는 11월에

먼 곳에서 오실
귀한 기별
이번 설신雪信에
꼭 담겨 있기를
소원해 본다

(2001. 11. 24)

눈송이에

언젠가는
죽음의 화살이
내 심장의 시간을
지나가려니

갈보리의 핏빛으로
영원히
밝혀 주시기만을……

(2001. 12. 1)

나목의 가지에

찬바람 숲속에
잠들고 있는
실낙원의 숨소리들

새 에덴의 봄이
하루 속히 오기만을……

(2001. 12. 8)

선악과의 빛

벌거숭이 남녀가
분양받은 둥지를
암거래로 팔아넘기고
법정에 섰다
선고는 유배 후
죽음
재심은 남겨두었다
청구 소송은
내 몫으로 남았다

(2001. 12. 15)

동지에

가버린 날들이
아쉬운 들녘에
빛 묶음 한 다발
곱게 물들여
빛은 붉은 새알

빗장 풀고
오실 날을
가늠히고 있디

(2001. 12. 22)

송년의 햇살 속에

올 한해도 문턱이라
돌아다보면
참으로 힘들었다는데
그래도 주신
등 하나 있어
잘 들고 왔으니
앞으로 남은
그날까지도
잘 인도해 주시기만을……

(2001. 12. 29)

저자 약력

부산수산대학졸업
수협중앙회
단양문학회 초대회장 역임
한국문인협회 회원
(사)국제미술작가협회 문예위원장
한국문인명예운동본부 회원
시 집:「엄마바위 애기바위」
      「등대 저 너머 사랑이」
      「소망의 동산 에덴까지」
      「어촌」「파도 따라 갯마을 저 너머」
      「남한강은 흐른다」「십자가」
      「사랑 그 소리」
소시집:「품앗이 동행」
      「어제도 오늘도 내일도 사랑」
공 저:「풍차도는 마을」외 다수
수 상: 대통령상수상

인 지
생 략

은하의 계절

초판인쇄 2005년 4월 20일
초판발행 2005년 4월 23일
지은이 정정길(E-mail : jjk4851@kornet.net)

펴낸이 이혜숙
펴낸곳 도서출판 신세림
        (서울시 중구 충무로5가 19-9 부성빌딩 702호, 02-2264-1972)
등록일 1991. 12. 24 · 등록번호 제2-1298호

정가 7,000원
ISBN 89-5800-035-X, 03810